© Editorial Zendrera Zariquiey, Barcelona, 1996
Sant Gervasi de Cassoles, 79, 08022 Barcelona Tel.: (93) 211 11 46
ISBN: 84-89675-05-8

Traducción: Pilar Garriga

Producción: Addenda, s.c.c.l., Pau Claris 92, 08010 Barcelona

LARS KLINTING

Castor carpintero

editorial
Zendrera Zariquiey

Castor hace de carpintero.

Éste es el taller de Castor. Su abuelo construyó la mesa de carpintero. Es muy vieja. Castor construyó el taburete verde, que está flamante. El taller está desordenado. A Castor le cuesta encontrar lo que necesita. En este momento está buscando algo.

¡Ajá! ¡Ya ha encontrado los planos que buscaba!
Ahora ya puede empezar a trabajar.

Castor estudia los planos con atención
porque no quiere equivocarse.

Después coge

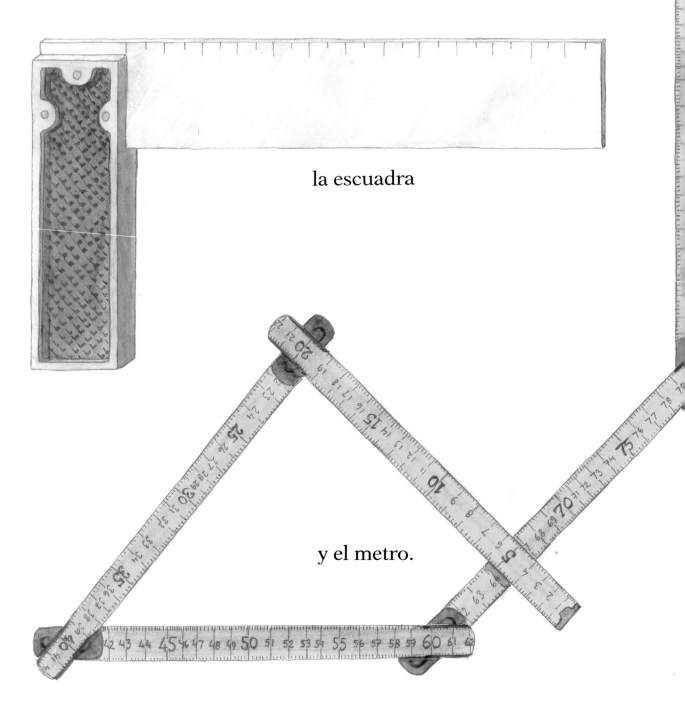

la escuadra

y el metro.

Castor mide la madera con el metro. Hace marcas
con un lápiz para saber dónde debe serrar y taladrar.
Algunas líneas son curvas, y otras son rectas.
La escuadra le ayuda a trazar las líneas rectas.

Después, Castor coge

la sierra.

Sierra la madera por las líneas rectas
que marcó con el lápiz.

Y luego saca

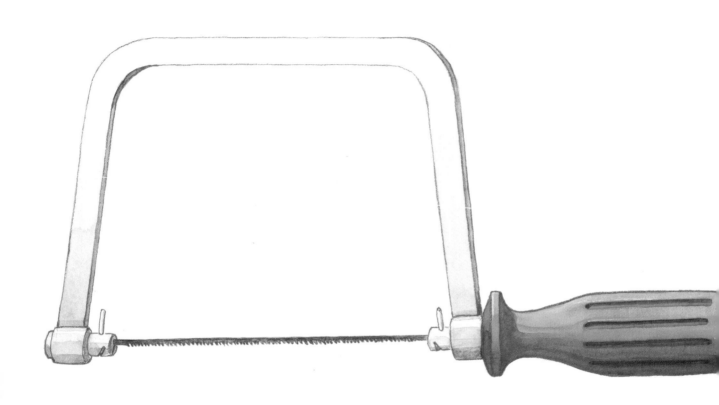

la sierra de vaivén.

La utiliza para serrar las piezas redondas.

Ahora Castor quiere
hacer agujeros grandes.

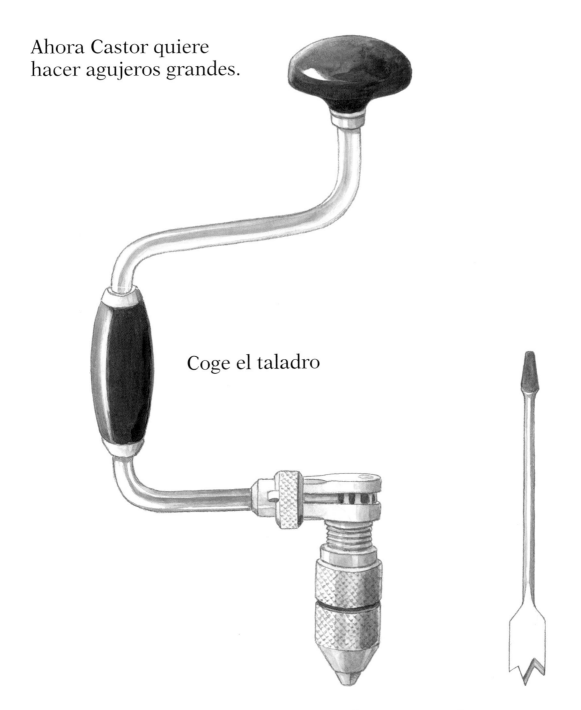

Coge el taladro

y le coloca una broca grande.

Esta herramienta va muy bien para hacer
agujeros grandes.

A continuación, Castor quiere
hacer agujeros pequeños.

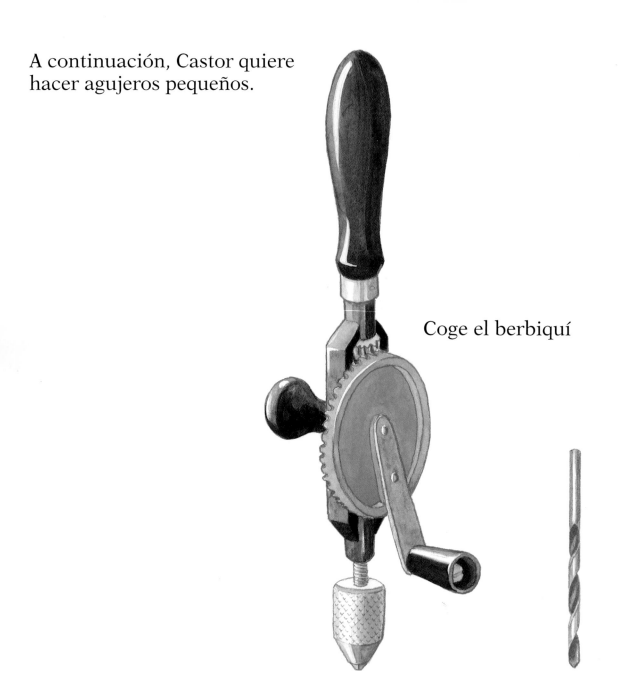

Coge el berbiquí

y le coloca una broca pequeña.

Esta herramienta es perfecta para
hacer agujeros pequeños.

Ahora tiene que limar y pulir todas las piezas de madera. Castor no quiere clavarse astillas en los dedos.

Coge la lima

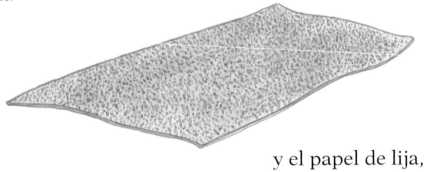

y el papel de lija,

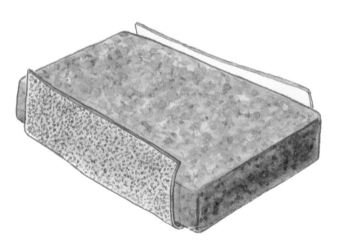

con el cual envuelve un trozo de madera.

Primero lima los bordes de cada pieza. Después los
pule con el papel de lija hasta que quedan lisos.

Ha llegado el momento de unir las piezas.
Primero coge

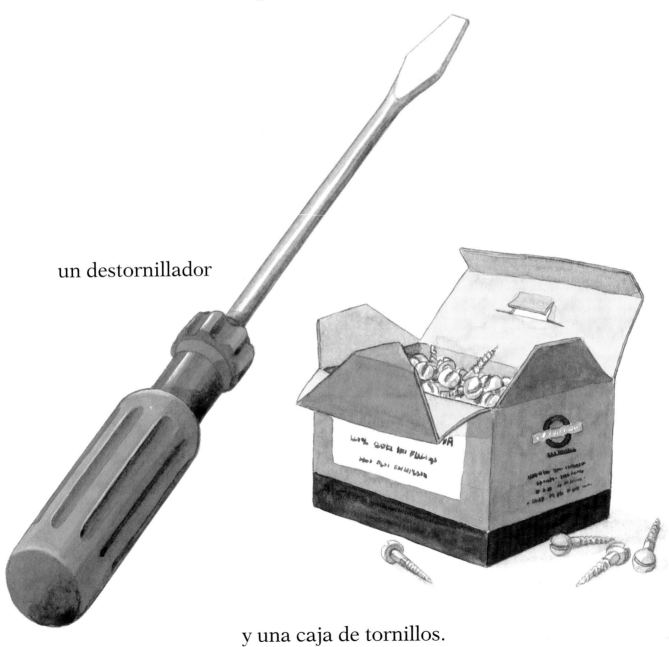

un destornillador

y una caja de tornillos.

Fija los tornillos en los agujeros pequeños.

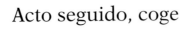

Acto seguido, coge

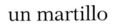

un martillo

y una caja de clavos.

¡Vaya, se ha torcido un clavo!

Castor coge

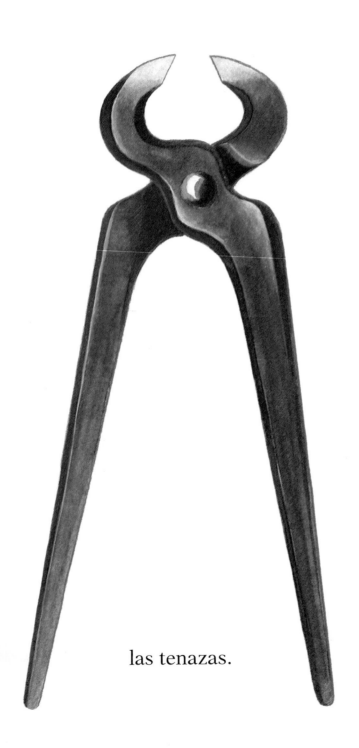

las tenazas.

Saca el clavo torcido y clava otro en su lugar.

El trabajo ya casi está listo. Pero aún necesita

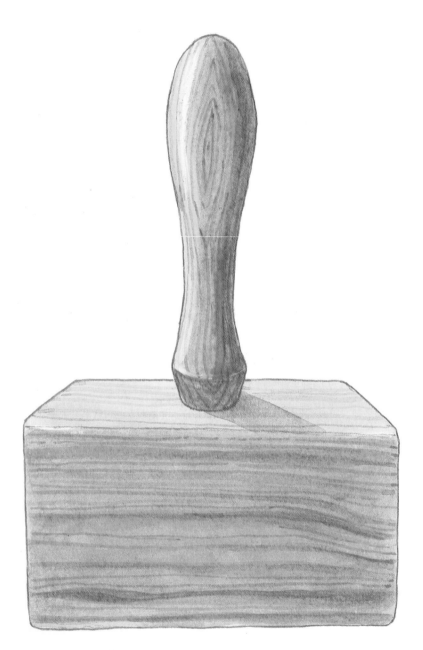

un mazo

y cola.

Golpea con cuidado la última pieza y la fija con cola
en los agujeros grandes.

Para acabar, Castor recoge *todas* sus herramientas:

la sierra

la lima

los clavos

la sierra de vaivén

los tornillos

el papel de lija
y el trozo de madera

las tenazas

el martillo

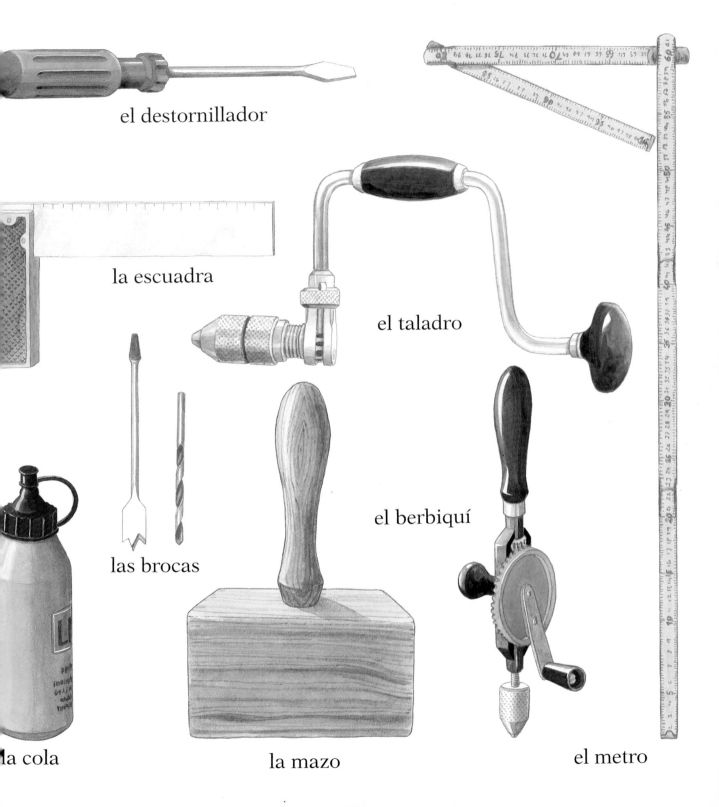

el destornillador

la escuadra

el taladro

el berbiquí

las brocas

la cola

la mazo

el metro

... y las coloca en su nueva caja de herramientas.

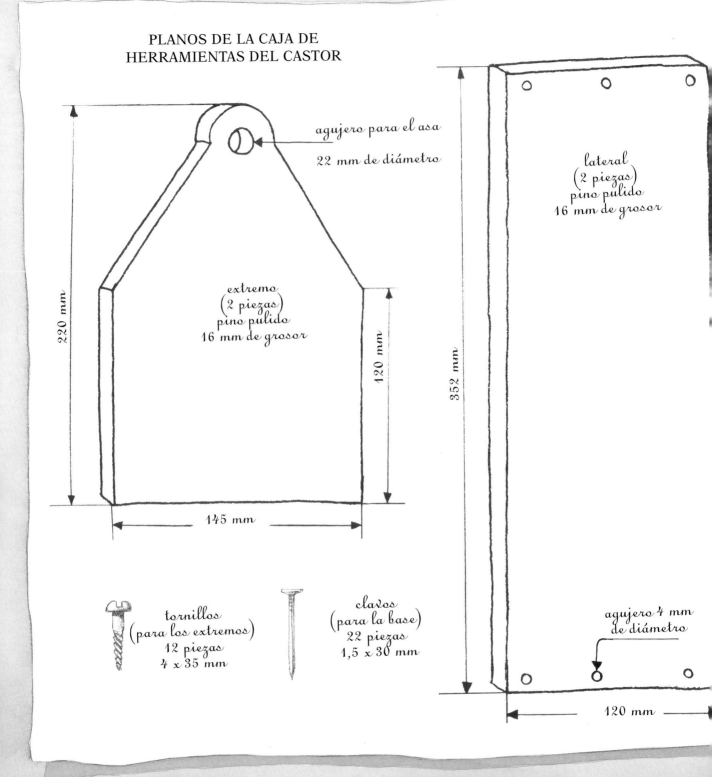

PLANOS DE LA CAJA DE
HERRAMIENTAS DEL CASTOR

agujero para el asa
22 mm de diámetro

extremo
(2 piezas)
pino pulido
16 mm de grosor

220 mm

120 mm

145 mm

lateral
(2 piezas)
pino pulido
16 mm de grosor

352 mm

agujero 4 mm
de diámetro

120 mm

tornillos
(para los extremos)
12 piezas
4 x 35 mm

clavos
(para la base)
22 piezas
1,5 x 30 mm

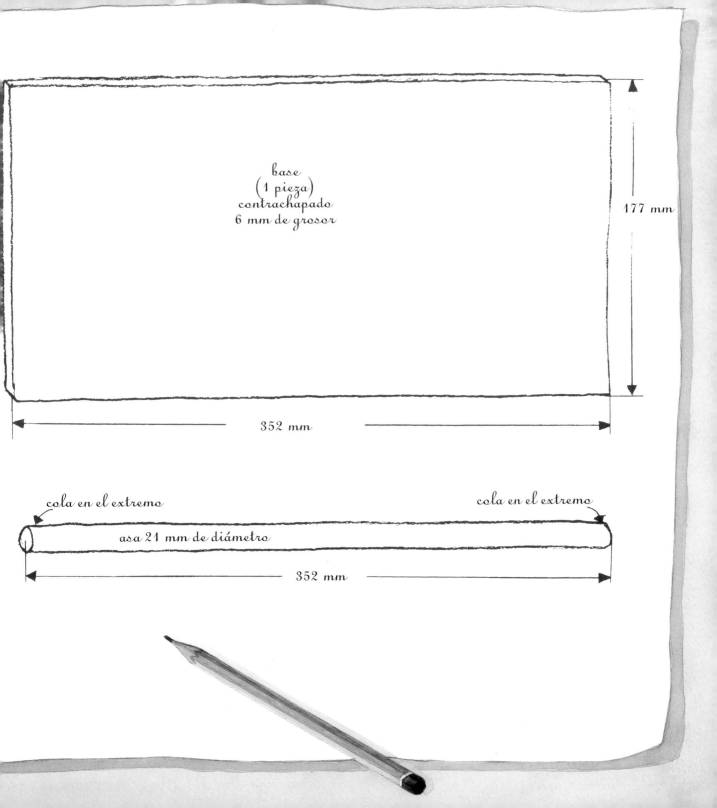

base
(1 pieza)
contrachapado
6 mm de grosor

177 mm

352 mm

cola en el extremo   cola en el extremo

asa 21 mm de diámetro

352 mm